シニア世代の
みんなの歌集

もくじ

童謡・唱歌

◆春

◆夏

民謡

歌謡曲

童謡・唱歌

荒城の月

◎明治34年

作詞　土井　晩翠
作曲　滝　廉太郎

一　春高楼《こうろう》の花の宴
めぐる盃　かげさして
千代の松が枝《え》　わけいでし
むかしの光　いまいずこ

二　秋陣営の霜の色
鳴きゆく雁《かり》の数見せて
植うるつるぎに照りそいし
むかしの光　いまいずこ

三　いま荒城のよわの月
かわらぬ光たがためぞ
垣に残るは　ただかずら
松に歌うは　ただあらし

四　天上影はかわらねど
栄枯《えいこ》は移る世の姿
写さんとてか今もなお
ああ荒城のよわの月

早春賦

◎大正2年

作詞　吉丸　一昌
作曲　中田　章

一　春は名のみの
風の寒さや
谷の鶯《うぐいす》歌は思えど
時にあらずと声も立てず
時にあらずと声も立てず

二　氷解け去り
葦《あし》は角《つの》ぐむ
さては時ぞと思うあやにく
今日もきのうも雪の空
今日もきのうも雪の空

三　春と聞かねば
知らでありしを
聞けば急かるる胸の思いを
いかにせよとのこの頃か
いかにせよとのこの頃か

うれしいひな祭り

◎昭和15年

作詞　サトウハチロー
作曲　河村　光陽

一　あかりをつけましょ
ぼんぼりに
お花をあげましょ
桃の花
五人ばやしの　笛太鼓《たいこ》
きょうは楽しい
ひな祭り

二　お内裏様《だいりさま》と　お雛様《ひなさま》
ふたり並んで　すまし顔
お嫁にいらした　ねえさまに
よく似た官女《かんじょ》の
白い顔

三　金の屏風《びょうぶ》に　写るひを
かすかにゆする　春の風
少し白酒　めされたか
赤いお顔の
右大臣《うだいじん》

春の小川

◎大正元年

文部省唱歌
作詞　高野　辰之
作曲　岡野　貞一

一　春の小川は　さらさらいくよ
岸のすみれや　れんげの花に
すがたやさしく　色美しく
咲けよ咲けよと
ささやきながら

二　春の小川は　さらさらいくよ
蝦《えび》やめだかや　小鮒《こぶな》の群《むれ》に
今日も一日　ひなたに出《い》でて
遊べ遊べと
ささやきながら

三　春の小川は　さらさらいくよ
歌の上手よ　いとしき子ども
声をそろえて　小川の歌を
うたえうたえと
ささやきながら

花

◎明治33年

作詞　武島　羽衣
作曲　滝　廉太郎

一　春のうららの隅田川
のぼりくだりの船人が
櫂《かい》のしずくも花と散る
ながめを何にたとうべき

二　見ずやあけぼの露浴びて
われにもの言う桜木を
見ずや夕ぐれ手をのべて
われさしまねく青柳《あおやぎ》を

三　錦おりなす長堤《ちょうてい》に
暮るればのぼるおぼろ月
げに一刻も千金の
ながめを何にたとふべき

鯉のぼり

◎大正2年

作詞　作曲　文部省唱歌

一
甍《いらか》の波と　雲の波
重なる波の　中空《なかぞら》を
橘かおる　朝風に
高く泳ぐや　鯉のぼり

二
開《ひら》ける広き　其《そ》の口に
船をも呑まん　様《さま》見えて
ゆたかに振う　尾鰭《おびれ》には
物に動《どう》ぜぬ　姿あり

三
百瀬《ももせ》の滝を　登りなば
忽《たちま》ち竜に　なりぬべき
わが身に似《に》よや　男子《おのこご》と
空に躍るや　鯉のぼり

おぼろ月夜

◎大正3年

作詞　高野　辰之
作曲　岡野　貞一

一　菜の花畠に　入日《いりひ》薄れ
見わたす山の端《は》　霞《かすみ》深し
春風そよふく　空を見れば
夕月かかりて　においい淡《あわ》し

二　里わの火影《ほかげ》も　森の色も
田中の小路《こみち》を　たどる人も
蛙《かわず》のなくねも　鐘の音《おと》も
さながら霞《かす》める　おぼろ月夜

汽車

◎明治44年

作詞　不詳
作曲　大和田　愛羅

一　今は山中《やまなか》　今は浜
今は鉄橋渡るぞと
思う間も無くトンネルの
闇《やみ》を通って広野原《ひろのはら》

二　遠くに見える村の屋根
近くに見える町の軒《のき》
森や林や田や畠《はたけ》
後《あと》へ後《あと》へと飛んで行く

三　廻《まわ》り燈籠《どうろう》の画《え》の様《よう》に
変る景色のおもしろさ
見とれてそれと知らぬ間に
早くも過ぎる幾十里《いくじゅうり》

ピクニック

◎昭和29年

作詞　不明
作曲　不明

一　丘を越え　行こうよ　口笛　吹きつつ
空は澄み　青空　牧場を　指して
歌おう　朗らに
共に手をとり
ランララララ　ラララララ
ラララララ　あひるさん（ガアガア）
ラララララ　山羊さんも（メェー）
ララ　歌声合わせよ　足並み揃えよ
今日は愉快だ

二　丘を越え　行こうよ　口笛　吹きつつ
空は澄み　青空　牧場を　指して
歌おう　朗らに
共に手をとり
ランラララ　ラララララ
ラララララ　にわとりさん
（コケコッコー）
ラララララ　牛さんも（モー）
ララ　歌声合わせよ　足並み揃えよ
今日は愉快だ

茶摘み

◎明治45年

作詞　文部省唱歌
作曲　文部省唱歌

一　夏も近づく八十八夜
野にも山にも若葉が茂る
あれに見えるは
茶摘みじゃないか
あかねだすきに菅《すげ》の笠

二　日和《ひより》つづきのきょうこの頃を
心のどかに摘《つ》みつつ歌う
摘めよ摘め摘め
摘まねばならぬ
摘まにゃ日本の茶にならぬ

みかんの花咲く丘

◎昭和21年

作詞　加藤省吾
作曲　海沼　実

一　みかんの花が　咲いている
思い出の道
丘の道
はるかに見える　青い海
お船がとおく　かすんでる

二　黒い煙を　はきながら
お船はどこへ
行くのでしょう
波に揺られて　島のかげ
汽《き》笛《てき》がぼうと　鳴りました

三　いつか来た丘　母さんと
いっしょにながめた
あの島よ
今日もひとりで　見ていると
やさしい母さん　思われる

夏は来ぬ

◎明治29年

作詞　佐々木信綱
作曲　小山作之助

一　卯《う》の花の　におう垣根に
ほととぎす　早《はや》も来《き》鳴《な》きて
忍音《しのびね》もらす　夏は来《き》ぬ

二　さみだれの　そそぐ山田に
早乙女《さおとめ》が　裳裾《もすそ》ぬらして
玉苗《たまなえ》うる　夏は来ぬ

三　橘《たちばな》の　薫る軒場の
窓近く　螢《ほたる》とびかい
おこたり諫《いさ》むる　夏は来ぬ

雨降りお月さん

◎大正14年

作詞　野口　雨情
作曲　中山　晋平

一　雨降りお月さん　雲の蔭《かげ》
お嫁に行くときゃ　誰とゆく
一人で傘《からかさ》　さしてゆく
傘ないときゃ　誰とゆく
シャラシャラ　シャンシャン
鈴つけた
お馬にゆられて　ぬれてゆく

二　急がにゃお馬よ　夜が明けよう
手綱《たづな》の下から　チョイと見たりゃ
お袖でお顔を　かくしてる
お袖はぬれても　乾《ほ》しゃかわく
雨降りお月さん　雲の蔭《かげ》
お馬にゆられて　ぬれてゆく

われは海の子

◎明治43年　文部省唱歌

一
われは海の子　白浪の
さわぐいそべの　松原に
煙たなびく　とまやこそ
わがなつかしき　住家なれ

二
生れてしおに　浴《ゆあみ》して
波を子守の　歌と聞き
千里寄せくる　海の気《け》を
吸いて童《わらべ》と　なりにけり

三
高く鼻つく　いその香《か》に
不断の花の　かおりあり
なぎさの松に　吹く風を
いみじき楽《がく》と　われは聞く

夏の思い出

◎昭和24年

作詞　江間　章子
作曲　中田　喜直

一　夏が来れば　思い出す
はるかな尾瀬《おぜ》　とおい空
霧のなかに　うかびくる
やさしい影　野の小路《こみち》
水芭蕉《みずばしょう》の花が　咲いている
夢見て咲いている水のほとり
石楠花《しゃくなげ》色に　たそがれる
はるかな尾瀬　遠い空

二　夏が来れば　思い出す
はるかな尾瀬　野の旅よ
花のなかに　そよそよと
ゆれゆれる　浮き島よ
水芭蕉の花が　匂っている
夢見て匂っている水のほとり
まなこつぶれば　なつかしい
はるかな尾瀬　遠い空

浜辺の歌

◎大正7年

作詞　林　古溪
作曲　成田　為三

一
あした浜辺を　さまよえば
昔のことぞ　しのばるる
風の音よ　雲のさまよ
寄する波も　貝の色も

二
ゆうべ浜辺を　もとおれば
昔の人ぞ　忍ばるる
寄する波よ　返す波よ
月の色も　星のかげも

三
はやちたちまち　波を吹き
赤裳のすそぞ　ぬれもせじ
やみし我は　すでにいえて
浜辺の真砂　まなごいまは

椰子の実

◎昭和11年

作詞　島崎藤村
作曲　大中寅二

一
名も知らぬ　遠き島より
流れ寄る　椰子の実一つ
故郷《ふるさと》の岸を　離れて
汝《なれ》はそも　波に幾月《いくつき》

二
旧《もと》の木は　生《お》いや茂れる
枝はなお　影をやなせる
われもまた　渚《なぎさ》を枕
孤身《ひとりみ》の　浮寝《うきね》の旅ぞ

三
実をとりて　胸にあつれば
新《あらた》なり　流離《りゅうり》の憂《うれい》
海の日の　沈むを見れば
激《たぎ》り落つ　異郷《いきょう》の涙
思いやる　八重《やえ》の汐々《しおじお》
いずれの日にか　国に帰らん

赤とんぼ

◎大正10年

作詞　三木　露風
作曲　山田　耕筰

一　夕やけ　小やけの
赤とんぼ
負《お》われて見たのは
いつの日か

二　山の畑の
桑の実を
小かごにつんだは
まぼろしか

三　十五で姐《ねえ》やは
嫁にゆき
お里のたよりも
たえはてた

四　夕やけ　小やけの
赤とんぼ
とまっているよ
竿《さお》の先

庭の千草

◎明治17年

作詞　里見　義
アイルランド民謡

一　庭の千草《ちぐさ》も　虫の音《ね》も
かれてさびしく
なりにけり
ああ　白菊《しらぎく》
ああ　白菊
ひとりおくれて
咲きにけり

二　つゆにたわむや　菊の花
しもにおごるや
菊の花
ああ　あわれあわれ
ああ　白菊
人のみさおも
かくてこそ

故郷の空

◎明治21年

作詞　大和田　建樹
スコットランド民謡

一　夕空はれて　あきかぜふき
つきかげ落ちて　鈴虫なく
おもえば遠し　故郷《こきょう》の空
ああわが父母《ちちはは》　いかにおわす

二　すみゆく水に　秋萩たれ
玉なす露は　すすきにみつ
おもえば似たり　故郷の野辺
ああわが兄弟《はらから》　たれと遊ぶ

月の沙漠

◎大正12年

作詞　加藤　まさを
作曲　佐々木すぐる

一　月の沙漠《さばく》をはるばると
旅の駱駝《らくだ》がゆきました
金と銀との鞍《くら》置いて
二つならんでゆきました

二　金の鞍には銀の甕《かめ》
銀の鞍には金の甕
二つの甕はそれぞれに
ひもで結んでありました

三　さきの鞍には王子さま
あとの鞍にはお姫さま
乗った二人はおそろいの
白い上着を着てました

四　ひろい沙漠をひとすじに
二人はどこへゆくのでしょう
おぼろにけぶる月の夜を
対《つい》の駱駝はとぼとぼと
砂丘《さきゅう》を越えて行きました
黙って越えて行きました

村祭り

◎昭和7年

作詞　文部省唱歌
作曲

一　村の鎮守《ちんじゅ》の神様の
今日はめでたいお祭り日
ドンドンヒャララ
ドンヒャララ
ドンドンヒャララ
ドンヒャララ
朝から聞こえる　笛　太鼓

二　年も豊年満作で
村は総出の大まつり
ドンドンヒャララ
ドンヒャララ
ドンドンヒャララ
ドンヒャララ
夜までにぎわう宮の森

紅葉

◎明治44年

文部省唱歌
作詞　高野　辰之
作曲　岡野　貞一

一　秋の夕日に照る山紅葉《もみじ》
濃いも薄いも数ある中に
松をいろどる楓《かえで》や蔦《つた》は
山のふもとの裾模様《すそもよう》

二　渓《たに》の流《ながれ》に散り浮く紅葉
波にゆられて離れて寄って
赤や黄色の色さまざまに
水の上にも織る錦

旅愁

◎明治40年

作詞　犬童　球渓
作曲　オードウェイ

一　更《ふ》けゆく秋の夜　旅の空の
侘《わび》しき思いに　一人なやむ
恋しや故郷《ふるさと》　なつかし父母
夢じに辿《たど》るは　故郷の家路
更けゆく秋の夜　旅の空の
侘しき思いに　一人なやむ

二　窓うつ嵐に　夢もやぶれ
遥けき彼方に　こころ迷う
恋しや故郷　なつかし父母
思いに浮ぶは　杜のこずえ
窓うつ嵐に　夢もやぶれ
遥けきかなたに　心まよう

里の秋

◎昭和20年

作詞　斎藤信夫
作曲　海沼　実

一　しずかなしずかな　里の秋
おせどに木の実の　落ちる夜は
ああ　かあさんと　ただ二人
栗の実煮てます　囲炉裏端《いろりばた》

二　あかるいあかるい　星の空
鳴き鳴き夜鴨《よがも》の　渡る夜は
ああ　とうさんの　あの笑顔
栗の実たべては　思いだす

三　さよならさよなら　椰子の島
お舟にゆられて　かえられる
ああ　とうさんよ　ご無事でと
今夜もかあさんと　祈ります

ふじの山

◎明治43年

作詞　巌谷　小波
作曲　不明

一　あたまを雲の上に出し
四方《しほう》の山を見おろして
かみなりさまを下にきく
ふじは日本一《にっぽんいち》の山

二　青ぞら高くそびえたち
からだに雪のきものきて
かすみのすそをとおくひく
ふじは日本一の山

たき火

◎昭和16年

作詞　巽　聖歌
作曲　渡辺　茂

一　垣根の　垣根の　まがりかど
たきびだ　たきびだ
おちばたき
あたろうか　あたろうよ
北風　ピイプウ　吹いている

二　さざんか　さざんか　咲いた道
たきびだ　たきびだ
おちばたき
あたろうか　あたろうよ
しもやけ　おててが　もうかゆい

三　こがらし　こがらし　寒い道
たきびだ　たきびだ
おちばたき
あたろうか　あたろうよ
相談しながら　歩いてく

冬景色

◎大正２年

作詞　文部省唱歌
作曲　文部省唱歌

一
さ霧消ゆる湊江《みなとえ》の
舟に白し　朝の霜《しも》
ただ水鳥《みずとり》の声はして
いまだ覚めず　岸の家

二
烏《からす》啼《な》きて木に高く
人は畑《はた》に麦を踏む
げに小春日《こはるび》ののどけしや
かえり咲きの花も見ゆ

三
嵐吹きて雲は落ち
時雨《しぐれ》降りて日は暮れぬ
若《も》し燈火《ともしび》の漏《も》れ来《こ》ずば
それと分かじ　野辺の里

浜千鳥

◎大正9年

作詞　鹿島鳴秋
作曲　弘田龍太郎

一　青い月夜の　浜辺には
親を探して　鳴く鳥が
波の国から　生まれでる
濡れたつばさの　銀の色

二　夜鳴く鳥の　悲しさは
親をたずねて　海こえて
月夜の国へ　消えてゆく
銀のつばさの　浜《はま》千《ち》鳥《どり》

スキー

◎昭和17年

作詞　時雨音羽
作曲　平井康三郎

一　山は白《しろ》銀《がね》　朝日を浴びて
すべるスキーの　風切る速さ
飛ぶは粉《こ》雪《ゆき》か　舞い立つ霧か
おおお　この身も
かけるよかける

二　真《ま》一文字《いちもんじ》に　身をおどらせて
さっと飛び越す　飛《ひ》鳥《ちょう》の翼
ぐんとせまるは　ふもとか谷か
おおお　楽しや
手《しゅ》練《れん》の飛躍

三　風をつんざき　左へ右へ
飛べばおどれば　流れる斜面
空はみどりよ　大地は白よ
おおお　あの丘
われらを招く

トロイカ

◎昭和36年

訳詞　楽団カチューシャ
作曲　ロシア民謡

一　雪の白樺並木
夕日が映《は》える
走れトロイカほがらかに
鈴の音高く

二　響け若人の歌
高なれバイヤン
走れトロイカかろやかに
粉雪けって

三　黒いひとみが待つよ
あの森越せば
走れトロイカ今宵《こよい》は
楽しいうたげ

きよしこの夜（聖夜）

◎昭和36年

作詞　由木　康
作曲　GRUBER FRANZ XAVER

一　きよしこの夜
星はひかり
すくいのみ子は
まぶねの中に
ねむりたもう　いとやすく

二　きよしこの夜
み告げうけし
羊飼いらは
み子のみ前に
ぬかずきぬ　かしこみて

三　きよしこの夜
み子の笑みに
めぐみのみ代の
あしたのひかり
かがやけり　ほがらかに

仰げば尊し

◎明治17年

作詞　不詳
作曲　不詳

一
仰げば尊し　わが師の恩
教えの庭にも　はや幾年《いくとせ》
思えばいと疾《と》し　この年月《としつき》
今こそ別れめ　いざさらば

二
互いに睦《むつみ》し　日ごろの恩
別るる後にも　やよ忘るな
身をたて名をあげ　やよ励めよ
今こそ別れめ　いざさらば

三
朝夕なれにし　まなびの窓
蛍《ほたる》のともしび　つむ白雪
忘るる間ぞなき　ゆく年月
今こそ別れめ　いざさらば

蛍の光

◎明治14年

作詞　稲垣　千穎
作曲　スコットランド民謡

一　蛍《ほたる》の光　窓の雪
ふみよむ月日　重ねつつ
いつしか年も　すぎの戸を
あけてぞ今朝は　別れゆく

二　とまるも行くも　限りとて
かたみに思う　ちよろずの
心のはしを　ひとことに
さきくとばかり　歌うなり

ふるさと

◎大正3年

文部省唱歌
作詞　高野　辰之
作曲　岡野　貞一

一
うさぎ追いし　かの山
こぶな釣りし　かの川
ゆめはいまも　めぐりて
わすれがたき　ふるさと

二
いかにいます　父　母
つつがなしや　友がき
雨に風に　つけても
思いいずる　ふるさと

三
こころざしを　はたして
いつの日にか　帰らん
山はあおき　ふるさと
水は清き　ふるさと

民謡

ソーラン節

（北海道）・沖揚音頭

ヤーレン　ソーラン　ソーラン
ソーラン　ソーラン　ソーラン
（ハイハイ）
沖の鷗《かもめ》に　潮時問えば
わたしゃ立つ鳥
波に聞けチョイ
（ヤサエンヤンサノ　ドッコイショ
ア　ドッコイショ　ドッコイショ）

（以下　はやし言葉同じ）
鰊《にしん》くるかと　稲荷にきけば
どこの稲荷もコンとなく

今宵一夜は　どんすの枕
あすは出船の　波まくら

嫁コ取るなら　鰊場《にしんば》の嫁
色は黒いが　気立よい

民謡

男度胸なら　五尺のからだ
ドンとのりだせ　波の上
江差山の上《え》の井戸水汲《く》めば
どんな年寄も若くなる

花笠音頭

（山形）

めでためでたの　若松様よ
枝も（チョイチョイ）
栄えて葉も茂る
（ハア　ヤッショ　マカショで
シャン　シャン　シャン　シャン）
（以下、はやし言葉同じ）
花の山形　紅葉《もみじ》の天童《てんどう》
雪を　眺むる　尾花沢《おばなざわ》

わしがお国で　自慢なものは
茄子《なす》と胡瓜《きゅうり》と笠踊り
会いにござれど　紅花《べにばな》入れて
尾花沢から　文《ふみ》がきた
花の山形　お米の出どこ
西も東も　米だらけ

おらが在所に
来て見やしゃんせ
米のなる木が　お辞儀する

男ごころと　茶釜の水は
沸くも早いが　さめやすい

裏の石橋　板ならよかろ
とんと踏んだら　悟るように

お月さまさえ　夜遊びなさる
まして若い衆　無理はない

米のなる木で　作りし草鞋《わらじ》
踏めば小判の跡がつく

めでためでたの　若松様よ
枝も栄えて葉も茂る

会津磐梯山

（福島）

エイヤー会津磐梯山は
宝の山よ
（ハヨイト　ヨイト）
笹に黄金がエーまた
なりさがる
（ハ　スッチョイ　スッチョイ
スッチョイナ）
（以下、はやし言葉同じ）

〈はやし〉
小原《おはら》庄助さん
なんで身上つぶした
朝寝朝酒　朝湯が　大好きで
それで身上つぶした
ハァ　もっともだ　もっともだ

エイヤー東山から
日にちの便り
行かざなるまいエーまた　顔見せに

エイヤー会津盆地の
みどりの夏よ
風もほがらにエーまた　鶴ケ城

エイヤー北は磐梯
南は湖水
中に浮き立つエーまた　翁島

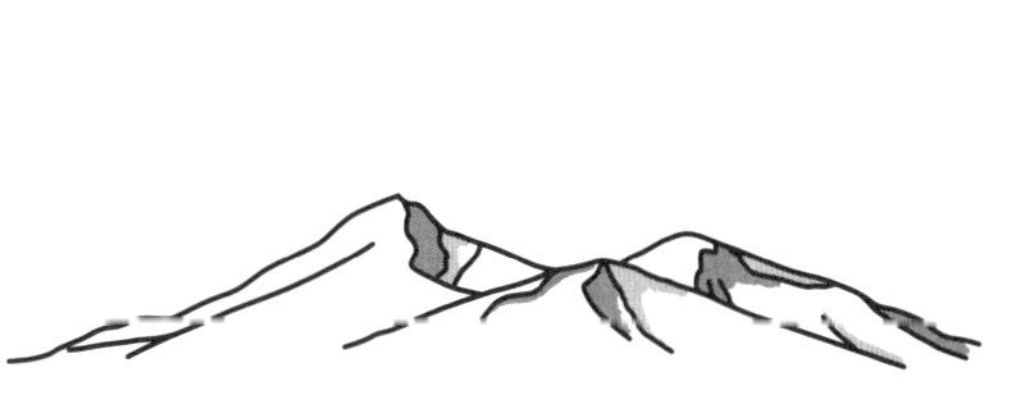

草津節

（群馬）

一　草津よいとこ
　一度はおいで
　（ア　ドッコイショ）
　お湯の中にも　（コーリャ）
　花が咲くヨ
　（チョイナ　チョイナ）
　（以下はやし同じ）

二　忘れしゃんすな　草津の道を
　南浅間に　西白根《にししらね》ヨ

三　朝の湯けむり　夕べの湯もや
　草津は湯の町　湯の町ヨ

四　お医者様でも　草津の湯でも
　惚《ほ》れた病《やまい》は　治《なお》りゃせぬヨ

民謡

五　草津よいとこ　里《さと》への土産《みやげ》
袖に湯花《ゆばな》の　香が残るヨ

六　積《つ》もる思いと　草津の雪は
解《と》けるあとから　花が咲くヨ

東京音頭

（東京）

◎昭和8年

作詞　西條八十
作曲　中山晋平

ハア　踊り踊るなら
チョイト　東京音頭　ヨイヨイ
花の都の　花の都の真中で　サテ
（ヤートナ　ソレ　ヨイヨイヨイ）
（ヤートナ　ソレ　ヨイヨイヨイ）
（以下、はやし言葉同じ）

ハア　花は上野よ
チョイト　柳は銀座　ヨイヨイ
月は隅田の
月は隅田の屋形船　サテ

ハア　おらが丸の内
チョイト　東京の波止場
ヨイヨイ
雁と燕の
雁と燕の上り下り　サテ

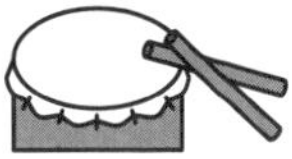

ハア　西に富士ケ嶺
チョイト　東に筑波　ヨイヨイ
音頭とる子は
音頭とる子は真中に　サテ

ハア　寄せて返して
チョイト　返して寄せる　ヨイヨイ
東京繁昌の
東京繁昌の人の波　サテ

木曽節

（長野）

木曽のナーなかのりさん
木曽の御岳《おんたけ》さんは
ナンチャラホイ
夏でも寒い　ヨイヨイヨイ

袷《あわしょ》ナーなかのりさん
袷やりたや
ナンチャラホイ
足袋《たび》をそえて　ヨイヨイヨイ

袷ナーなかのりさん
袷ばかりは
ナンチャラホイ
やられもせまい　ヨイヨイヨイ

羽織ナーなかのりさん
羽織仕立てて
ナンチャラホイ
足袋を添えて　ヨイヨイヨイ

デカンショ節

（兵庫）

デカンショ　デカンショで
半年暮らす　ヨイヨイ
あとの半年　寝て暮らす
ヨーイヨーイ　デッカンショ

丹波篠山《ささやま》
山家の猿が　ヨイヨイ
花のお江戸で　芝居する
ヨーイヨーイ　デッカンショ

酒は飲め飲め
茶釜でわかせ　ヨイヨイ
お神酒《みき》上《あが》らぬ　神はなし
ヨーイヨーイ　デッカンショ

民謡

灘のお酒は
どなたが造る　ヨイヨイ
おらが自慢の　丹波杜氏
ヨーイヨーイ　デッカンショ

雪がちらちら
丹波の宿に　ヨイヨイ
猪《しし》がとびこむ　牡《ぼ》丹《たん》鍋《なべ》
ヨーイヨーイ　デッカンショ

丹波篠山
鳳《ほう》鳴《めい》の塾で　ヨイコイ
文武きたえし　美少年
ヨーイヨーイ　デッカンショ

安来節

（島根）

出雲名物　荷物にゃならぬ
聞いてお帰り　安来節
（アラ　エッサッサー）
（以下、はやし言葉同じ）

松江名所は　かずかずあれど
千鳥お城に　嫁ヶ島

出雲八重垣　鏡の池に
映す二人の　晴れ姿

愛宕《あたご》お山に　春風吹けば
安来千軒　花吹雪

安来千軒　名の出たところ
社日《しゃにち》桜に　十神山《とかみやま》

〝十神山から沖見れば　いずく
の船からは知らねども　滑車《せみ》の下
まで帆を巻いて　ヤサホヤサホ
と鉄積んで　上《かみ》のぼる〟

よさこい節

（高知）

土佐の高知の　播磨屋橋で
坊さんかんざし　買うを見た
（ヨサコイ　ヨサコイ）

土佐の名物　さんごに鯨
紙に生糸に　かつお節
（ヨサコイ　ヨサコイ）

御畳瀬《みませ》見せましょ
浦戸をあけて
月の名所は桂浜
（ヨサコイ　ヨサコイ）

云うたちいかんちや
おらんくの池にゃ
潮吹く魚が　泳ぎよる
（ヨサコイ　ヨサコイ）

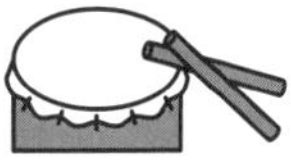

黒田節

（福岡）

酒は飲め飲め　飲むならば
日《ひ》の本《もと》一の　この槍を
飲みとる程に　飲むならば
これぞまことの　黒田武士

すめらみ国《くに》の　武士《もののふ》は
いかなることをか　勤むべき
ただ身に持てる　真心を
君と親とに　尽くすまで

峰の嵐か　松風か
尋ぬる人の　琴の音《ね》か
駒をひきとめて　聞く程に
爪音《つまおと》高き　想夫恋《そうふれん》

春の弥生の　あけぼのに
四方《よも》の山辺を　見渡せば
花盛りかも　白雲の
かからぬ峰こそ　なかりけれ

炭坑節

（福岡）

月が出た出た　月が出た
（ア　ヨイヨイ）
三池炭坑の　上に出た
あんまり煙突が　高いので
さぞやお月さん　けむたかろ
（サノヨイヨイ）

一山　二山　三山　越え
（ア　ヨイヨイ）
奥に咲いたる　八重つばき
なんぼ色よく　咲いたとて
様《さま》ちゃん通わにゃ　仇《あだ》の花
（サノヨイヨイ）

あなたがその気で　云うのなら
（ア　ヨイヨイ）
思い切ります　別れます
もとの娘の　十八に
返してくれたら　別れます
（サノヨイヨイ）

竪抗《たてこう》千尺《せんじゃく》　二千尺《にせんじゃく》
（ア　ヨイヨイ）
下りゃ様ちゃんの　ツルの音
ままになるなら　あのそばで
私も掘りたや　黒ダイヤ
（サノヨイヨイ）

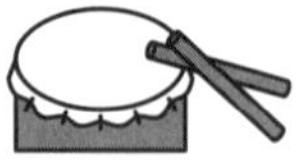

五木の子守歌

（熊本）

おどま盆《ぼん》ぎり　盆ぎり
盆から先《さき》ゃ　おらんど
盆が早よ来《く》りゃ　早よもどる

おどまかんじん　かんじん
あん人達《たち》ゃ　よか衆
よか衆よか帯《おび》　よか着《き》物《もん》

おどんが打《うっ》死《ち》んだちゅて
誰《だい》が泣いてくりゅきゃ
裏の松山　蝉《せみ》が鳴く

おどんが打《うっ》死《ち》んだば
道端《みちばた》ゃいけろ
通る人ごち　花あぎゅう

花はなんの花
つんつん椿
水は天から　もらい水

歌謡曲

船頭小唄

◎大正10年

作詞　野口　雨情
作曲　中山　晋平

一　おれは河原の　枯れすすき
同じお前も　枯れすすき
どうせ二人は　この世では
花の咲かない　枯れすすき

二　死ぬも生きるも　ねえお前
水の流れに　何かわろ
おれもお前も　利根川《とねがわ》の
船の船頭で　暮らそうよ

三　枯れた真菰《まこも》に　照らしてる
潮来出島《いたこでじま》の　お月さん
わたしゃこれから　利根川の
船の船頭で　暮らすのよ

四　なぜに冷たい　吹く風が
枯れたすすきの　二人ゆえ
熱い涙の　出た時は
汲《く》んでおくれよ　お月さん

丘を越えて

◎昭和6年

作詞　島田　芳文
作曲　古賀　政男
歌　藤山　一郎

一　丘を越えて　行こうよ
真澄《ますみ》の空は　朗《ほが》らかに
晴れて　たのしいこころ
鳴るは　胸の血潮よ
讃《たた》えよ　わが青春《はる》を
いざゆけ
遥《はる》か希望の丘を越えて

二　丘を越えて　行こうよ
小春の空は　麗《うら》らかに
澄みて　嬉しいこころ
湧《わ》くは　胸の泉よ
讃えよ　わが青春を
いざ聞け
遠く希望の鐘は鳴るよ

人生劇場

◎昭和13年

作詞　佐藤　惣之助
作曲　古賀　政男
歌　　楠木　繁夫

一　やると思えばどこまでやるさ
それが男の魂じゃないか
義理がすたればこの世は闇だ
なまじとめるな夜の雨

二　あんな女に未練はないが
なぜか涙が流れてならぬ
男ごころは男でなけりゃ
解るものかと諦めた

三　時世時節《ときよじせつ》は変ろとままよ
吉良《きら》の仁吉《にきち》は男じゃないか
おれも生きたや仁吉のように
義理と人情のこの世界

歌謡曲

誰か故郷を想わざる

◎昭和15年

作詞　西条　八十
作曲　古賀　政男
歌　霧島　昇

一
花つむ野辺に　日は落ちて
みんなで　肩を組みながら
唄をうたった　帰りみち
幼なじみの　あの友　この友
ああ　誰《たれ》か故郷を想わざる

二
ひとりの姉が　嫁《とつ》ぐ夜に
小川の岸で　さみしさに
泣いた涙の　なつかしさ
幼なじみの　あの山　この川
ああ　誰か故郷を想わざる

三
都に雨の　降る夜は
涙に　胸もしめりがち
遠く呼ぶのは　誰の声
幼なじみの　あの夢　この夢
ああ　誰か故郷を想わざる

リンゴの唄

◎昭和21年

作詞　サトウハチロー
作曲　万城目　正
歌　並木　路子

一　赤いリンゴに
くちびる寄せて
だまって見ている　青い空
リンゴは何にも
いわないけれど
リンゴの気持ちは　よくわかる
リンゴ可愛いや
可愛いやリンゴ

二　あの娘よい子だ
気立てのよい娘
リンゴによく似た
可愛いい娘
どなたがいったか
うれしいうわさ
軽いクシャミも　トンデ出る
リンゴ可愛いや
可愛いやリンゴ

三　朝のあいさつ
夕べの別れ
いとしいリンゴに
ささやけば
言葉は出さずに
小くびをまげて
あすもまたネと　夢見顔
リンゴ可愛いや
可愛いやリンゴ

四　歌いましょうか
リンゴの歌を
二人で歌えば　なお楽し
皆なで歌えば
なおなおうれし
リンゴの気持ちを　伝えよか
リンゴ可愛いや
可愛いやリンゴ

青い山脈

◎昭和24年

作詞　西条八十
作曲　服部良一
歌　藤山一郎
　　奈良光枝

一　若く明るい　歌声に
なだれは消える　花も咲く
青い山脈　雪割桜《ゆきわりざくら》
空のはて
今日もわれらの　夢を呼ぶ

二　古い上衣《うわぎ》よ　さようなら
さみしい夢よ　さようなら
青い山脈　バラ色雲へ
あこがれの
旅の乙女に　鳥も啼《な》く

三　雨にぬれてる　焼けあとの
名もない花も　ふり仰ぐ
青い山脈　かがやく嶺《みね》の
なつかしさ
見れば涙が　またにじむ

四　父も夢みた　母も見た
旅路のはての　そのはての
青い山脈　みどりの谷へ
旅をゆく
若いわれらに　鐘が鳴る

あざみの歌

◎昭和25年

作詞　横井　弘
作曲　八洲　秀章

一
山には山の
愁《うれ》いあり
海には海の
悲しみや
ましてこころの
花園に
咲きしあざみの
花ならば

二
高嶺《たかね》の百合《ゆり》の
それよりも
秘《ひ》めたる夢を
ひとすじに
くれない燃ゆる
その姿
あざみに深き
わが想い

三

いとしき花よ
汝《な》はあざみ
こころの花よ
汝はあざみ
さだめの径《みち》は
はてなくも
香《かお》れよせめて
わが胸に

長崎の鐘

◎昭和26年

作詞　サトウハチロー
作曲　古関　裕而
歌　藤山　一郎

一　こよなく晴れた　青空を
悲しと思う　せつなさよ
うねりの波の　人の世に
はかなく生きる　野の花よ
なぐさめ　はげまし　長崎の
ああ　長崎の鐘が鳴る

二　召されて妻は　天国へ
別れてひとり　旅立ちぬ
かたみに残る　ロザリオの
鎖に白き　わが涙
なぐさめ　はげまし　長崎の
ああ　長崎の鐘が鳴る

三　こころの罪を　うちあけて
更けゆく夜の　月すみぬ
貧しき家の　柱にも
気高く白き　マリア様
なぐさめ　はげまし　長崎の
ああ　長崎の鐘が鳴る

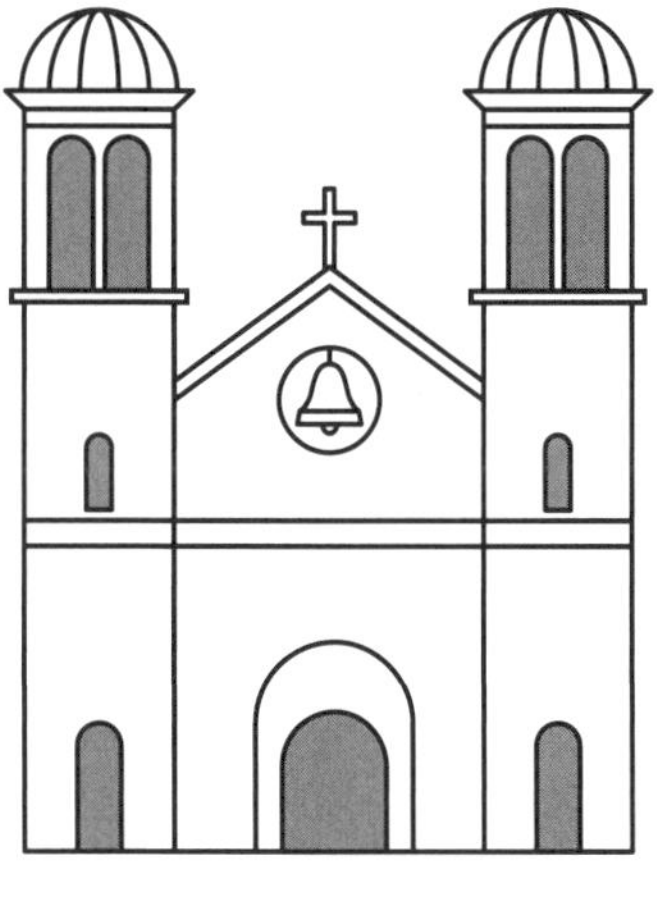

高原列車は行く

◎昭和29年

作詞　丘灯至夫
作曲　古関裕而
歌　岡本敦郎

一　汽車の窓から
ハンケチ振れば
牧場の乙女が　花束なげる
明るい青空　白樺林
山越え谷越え　はるばると
ラララ　ララララララララ
高原列車は
ラララララ　行くよ

二　みどりの谷間に
山百合ゆれて
歌声ひびくよ　観光バスよ
君らの泊りも　温泉の宿か
山越え谷越え　はるばると
ラララ　ララララララララ
高原列車は
ラララララ　行くよ

三　峠を越えれば
夢みるような
五色の湖　とび交う小鳥
汽笛も二人の　幸せうたう
山越え谷越え　はるばると
ラララララ　ララララララララ
高原列車は
ララララララ　行くよ

雪の降る町を

◎昭和28年

作詞　内村　直也
作曲　中田　喜直
歌　倍賞　千恵子

一　雪の降る町を　雪の降る町を
思い出だけが
通りすぎて行く
雪の降る町を
遠いくにから落ちてくる
この想い出を　この想い出を
いつの日にか包まん
あたたかき幸福《しあわせ》のほほえみ

二　雪の降る町を　雪の降る町を
足音だけが
追いかけてゆく
雪の降る町を
一人こころに満ちてくる
この哀しみを　この哀しみを
いつの日かほぐさん
緑なす春の日のそよ風

三　雪の降る町を　雪の降る町を
息吹とともに
こみあげてくる
雪の降る町を
誰もわからぬ　わが心
このむなしさを
このむなしさを
いつの日か祈らん
新しき光降る鐘の音

別れの一本杉

◎昭和30年

作詞　高野　公男
作曲　船村　徹
歌　春日　八郎

一
泣けた　泣けた
こらえ切れずに　泣けたっけ
あの娘《こ》と別れた　哀《かな》しさに
山の懸巣《かけす》も　啼《な》いていた
一本杉の
石の地蔵さんのヨー
村はずれ

二
遠い　遠い
思い出しても　遠い空
必ず東京へ　着いたなら
便りおくれと　いった娘《ひと》
リンゴのような
赤いほっぺたのヨー
あの涙

三
呼んで　呼んで
そっと月夜にゃ　呼んでみた
嫁にも行《ゆ》かずに　この俺の
帰りひたすら　待っている
あの娘《こ》はいくつ
とうに二十《はたち》はヨー
過ぎたろに

ここに幸あり

◎昭和31年

作詞　高橋　掬太郎
作曲　飯田　三郎
歌　大津　美子

一　嵐も吹けば　雨も降る
女の道よ　なぜ険し
君を頼りに　私は生きる
ここに幸あり　青い空

二　誰にもいえぬ　爪のあと
心に受けた　恋の鳥
ないてのがれて　さまよい行けば
夜の巷の　風かなし

三　命のかぎり　呼びかける
こだまのはてに　待つは誰
君によりそい　明るく仰ぐ
ここに幸あり　白い雲

いつでも夢を

◎昭和32年

作詞　佐伯　孝夫
作曲　吉田　正
歌　　橋　幸夫
　　　吉永　小百合

一　星よりひそかに
雨よりやさしく
あの娘はいつも歌ってる
声がきこえる　淋しい胸に
涙に濡れたこの胸に
言っているいる
お持ちなさいな
いつでも夢を　いつでも夢を

星よりひそかに
雨よりやさしく
あの娘はいつも歌ってる

二　歩いて歩いて　悲しい夜更けも
あの娘の声は流れくる
すすり泣いてる
この顔上げて
きいてる歌の懐しさ
言っているいる
お持ちなさいな
いつでも夢を　いつでも夢を

歩いて歩いて
悲しい夜更けも
あの娘の声は流れ来る

言っているいる
お持ちなさいな
いつでも夢を　いつでも夢を
はかない涙を　うれしい涙に
あの娘はかえる歌声で

南国土佐を後にして

◎昭和34年

作詞　武政　英策
作曲
歌　ペギー葉山

一　南国土佐を　後にして
都へ来てから　幾歳《いくとせ》ぞ
思い出します　故郷の友が
門出に歌った　よさこい節を
〝土佐の高知の
ハリマヤ橋で
坊さんかんざし
買うをみた〟

二　月の浜辺で　たき火をかこみ
しばしの娯楽の　ひとときを
わたしも自慢の
声張り上げて
歌うよ土佐の　よさこい節を
〝みませ　見せましょ
浦戸をあけて
月の名所は　桂浜〟

三

国の父さん　室戸の沖で
鯨釣ったと　言うたより
わたしも負けずに
励んだ後で
歌うよ土佐の　よさこい節を
〝言うたら　いかんちゃ
おらんくの池にゃ　潮吹く
魚が泳ぎよる
よさこい　よさこい〟

上を向いて歩こう

◎昭和36年

作詞　永　六輔
作曲　中村八大
歌　坂本　九

一　上を向いて歩こう
涙がこぼれないように
思い出す春の日
一人ぼっちの夜

上を向いて歩こう
にじんだ星を数えて
思い出す夏の日
一人ぼっちの夜

幸せは　雲の上に
幸せは　空の上に

上を向いて歩こう
涙がこぼれないように
なきながら歩く
一人ぼっちの夜

二　上を向いて歩こう
涙がこぼれないように
思い出す秋の日
一人ぼっちの夜

かなしみは　星の影に
かなしみは　月の影に

上を向いて歩こう
涙がこぼれないように
なきながら歩く
一人ぼっちの夜
一人ぼっちの夜

遠くへ行きたい

◎昭和37年

作詞　永　六輔
作曲　中村　八大
歌　ジェリー　藤尾

知らない街を
歩いてみたい
どこか遠くへ行きたい
知らない海を
ながめていたい
どこか遠くへ行きたい
遠い街　遠い海
夢はるか一人旅

愛する人と
めぐり逢いたい
どこか遠くへ行きたい
愛しあい　信じあい
いつの日か
幸せを
愛する人と
めぐり逢いたい
どこか遠くへ行きたい

見上げてごらん夜の星を

◎昭和38年

作詞　永　六輔
作曲　いずみ　たく
歌　坂本　九

見上げてごらん夜の星を
小さな星の　小さな光が
ささやかな幸せをうたってる
見上げてごらん夜の星を
ボクらのように名もない星が
ささやかな幸せを祈ってる

手をつなごうボクと
おいかけよう夢を
二人なら
苦しくなんかないさ

見上げてごらん夜の星を
小さな星の　小さな光が
ささやかな幸せをうたってる
見上げてごらん夜の星を
ボクらのように名もない星が
ささやかな幸せを祈ってる

高校三年生

◎昭和38年

作詞　丘　灯至夫
作曲　遠藤　実
歌　舟木　一夫

一　赤い夕陽が　校舎をそめて
ニレの木蔭に　弾む声
ああ　高校三年生　ぼくら
離れ離れに　なろうとも
クラス仲間は　いつまでも

二　泣いた日もある　怨《うら》んだことも
思い出すだろ　なつかしく
ああ　高校三年生　ぼくら
フォークダンスの　手をとれば
甘く匂うよ　黒髪が

三　残り少ない　日数を胸に
夢がはばたく　遠い空
ああ　高校三年生　ぼくら
道はそれぞれ　別れても
越えて歌おう　この歌を

柔

◎昭和39年

作詞　関沢　新一
作曲　古賀　政男
歌　美空ひばり

一　勝つと思うな　思えば負けよ
負けてもともと　この胸の
奥に生きてる　柔《やわら》の夢が
一生一度を
一生一度を　待っている

二　人は人なり　のぞみもあるが
捨てて立つ瀬を　越えもする
せめて今宵《こよい》は　人間らしく
恋の涙を
恋の涙を　噛《か》みしめる

三　口で言うより　手の方が早い
馬鹿を相手の　時じゃない
行くも住《とま》るも　坐《すわ》るも臥《ふ》すも
柔一すじ
柔一すじ　夜が明ける

学生時代

◎昭和39年

作詞　平岡　精二
作曲
歌　ペギー葉山

一　つたのからまるチャペルで
祈りを捧げた日
夢多かりしあの頃の
想い出をたどれば
なつかしい友の顔が
一人ひとり浮かぶ
重いカバンをかかえて
かよったあの道
秋の日の図書館の
ノートとインクのにおい
枯葉の散る窓辺　学生時代

二　讃美歌を歌いながら
清い死を夢見た
何のよそおいもせずに
口数も少なく
胸の中に秘めていた
恋への憧れは
いつもはかなくやぶれて
一人書いた日記

本棚に目をやれば
あの頃読んだ小説
過ぎし日よ私の　学生時代

三　ロウソクの灯に輝く
十字架をみつめて
白い指を組みながら
うつむいていた友
その美しい横顔
姉のように慕い
いつまでも変わらずにと
願った幸せ
テニス・コート
キャンプ・ファイヤー
なつかしい　日々は帰らず
素晴らしいあの頃　学生時代
素晴らしいあの頃　学生時代

いい湯だな

◎昭和41年

作詞　永　六輔
作曲　いずみ　たく
歌　デューク・エイセス

一
いい湯だな　いい湯だな
湯気が天井から
ポタリと背中に
つめてェな　つめてェな
ここは上州　草津の湯

二
いい湯だな　いい湯だな
誰が唄うか　八木節が
いいもんだ　いいもんだ
ここは上州　伊香保の湯

三
いい湯だな　いい湯だな
湯気にかすんだ　白い人影
あの娘かな　あの娘かな
ここは上州　万座の湯

四

いい湯だな　いい湯だな

日本人なら　浪花節でも

うなろかな　うなろかな

ここは上州　水上の湯

バラが咲いた

◎昭和41年

作詞　浜口庫之助
作曲　浜口庫之助
歌　マイク眞木

一　バラが咲いた　バラが咲いた
真っ赤なバラが
淋しかった僕の庭に
バラが咲いた
たったひとつ　咲いたバラ
小さなバラで
淋しかった僕の庭が
明るくなった
バラよバラよ　小さなバラ

いつまでも
そこに咲いてておくれ
バラが咲いた　バラが咲いた
真っ赤なバラで
淋しかった僕の庭が
明るくなった

二　バラが散った　バラが散った
いつの間にか
ぼくの庭は前のように
淋しくなった
ぼくの庭のバラは散って
しまったけれど
淋しかった僕の心に
バラが咲いた

バラよバラよ　心のバラ
いつまでも
ここで咲いてておくれ
バラが咲いた
バラが咲いた　僕の心に
いつまでも散らない
まっかなバラが

この広い野原いっぱい

◎昭和42年

作詞　小薗江　圭子
作曲　森山　良子
歌

一　この広い野原いっぱい
咲く花を
ひとつ残らず
あなたにあげる
赤いリボンの
花束にして

二　この広い夜空いっぱい
咲く星を
ひとつ残らず
あなたにあげる
虹に輝く
ガラスにつめて

三　この広い海いっぱい
咲く舟を
ひとつ残らず
あなたにあげる
青い帆に
イニシャルつけて

四　この広い世界中の
なにもかも
ひとつ残らず
あなたにあげる
だから私に
手紙を書いて

手紙を書いて
手紙を書いて

三百六十五歩のマーチ

◎昭和43年

作詞　星野　哲郎
作曲　米山　正夫
歌　水前寺　清子

一　しあわせは　歩いてこない
だから歩いて　ゆくんだね
一日一歩　三日で三歩
三歩進んで　二歩さがる
人生は　ワン・ツー・パンチ
汗かき　べそかき　歩こうよ
あなたのつけた　足あとにゃ
きれいな花が　咲くでしょう

腕を振って　足をあげて
ワン・ツー　ワン・ツー
休まないで　歩け
ソレ　ワン・ツー
ワン・ツー
ワン・ツー
ワン・ツー

※

二　しあわせの扉はせまい
だからしゃがんで　通るのね
百日百歩　千日千歩
ままになる日も　ならぬ日も
人生は　ワン・ツー・パンチ
明日《あした》の明日は　また明日
あなたはいつも　新しい
希望の虹を　だいている

※くり返し

三　しあわせの　隣にいても
わからない日も　あるんだね
一年三百六十五日
一歩違いで　にがしても
人生は　ワン・ツー・パンチ
歩みを止めずに　夢みよう
千里の道も　一歩から
はじまることを　信じよう

※くり返し

星影のワルツ

◎昭和43年

作詞　白鳥園枝
作曲　遠藤　実
歌　千　昌夫

一　別れることは　つらいけど
仕方がないんだ　君のため
別れに星影の
ワルツをうたおう……
冷たい心じゃないんだよ
冷たい心じゃないんだよ
今でも好きだ　死ぬ程に

二　一緒になれる　幸せを
二人で夢みた　ほほえんだ
別れに星影の
ワルツをうたおう……
あんなに愛した仲なのに
あんなに愛した仲なのに
涙がにじむ　夜の窓

三　さよならなんて　どうしても
いえないだろうな
なくだろうな
別れに星影の
ワルツをうたおう……
遠くで祈ろう幸せを
遠くで祈ろう幸せを
今夜も星が　降るようだ

知床旅情

◎昭和45年

作詞 作曲 森繁久弥
歌

一 知床の岬に
はまなすの咲く頃
思い出しておくれ
俺たちのことを
飲んでさわいで
丘にのぼれば
はるか国後《クナシリ》に
白夜《びゃくや》は明ける

二 旅の情けか
酔うほどにさまよい
浜にでてみれば
月は照る波の上
今宵こそ君を
抱きしめんと
岩影に寄れば
ピリカが笑う

三

別れの日はきた
知床《ラウス》の村にも
君はでていく
峠を越えて
忘れちゃいやだよ
気まぐれ烏《からす》さん
わたしを泣かすな
白いかもめよ

誰もいない海

◎昭和45年

作詞　山口　洋子
作曲　内藤　法美
歌　トワ・エ・モワ

一　今はもう秋　誰もいない海
知らん顔して
人がゆきすぎても
わたしは忘れない
海に約束したから
つらくても　つらくても
死にはしないと

二　今はもう秋　誰もいない海
たった一つの夢が破れても
わたしは忘れない
砂に約束したから
淋しくても　淋しくても
死にはしないと

三　今はもう秋　誰もいない海
いとしい面影
帰らなくても
わたしは忘れない
空に約束したから
ひとりでも　ひとりでも
死にはしないと

ひとりでも　ひとりでも
死にはしないと

四季の歌

◎昭和47年

作詞　荒木　とよひさ
作曲
歌　芹　洋子

一　春を愛する人は
心清き人
すみれの花のような
僕の友だち

二　夏を愛する人は
心強き人
岩をくだく波のような
僕の父親

三　秋を愛する人は
心深き人
愛を語るハイネのような
僕の恋人

四　冬を愛する人は
心広き人
根雪をとかす大地のような
僕の母親
ラララ…………………

北国の春

◎昭和52年

作詞　いではく
作曲　遠藤　実
歌　千　昌夫

一　白樺　青空　南風
こぶし咲くあの丘
北国の　ああ　北国の春
季節が都会では
わからないだろと
届いたおふくろの
小さな包み
あの故郷へ帰ろかな
帰ろかな

二　雪どけ　せせらぎ　丸木橋
落葉松《からまつ》の芽がふく
北国の　ああ　北国の春
好きだとおたがいに
言いだせないまま
別れてもう五年
あの娘《こ》はどうしてる
あの故郷へ帰ろかな
帰ろかな

三　山咲き　朝霧　水車小屋
わらべ唄聞こえる
北国の　ああ　北国の春
あにきもおやじ似で
無口なふたりが
たまには酒でも
飲んでるだろか
あの故郷へ帰ろかな
帰ろかな

昴（すばる）

◎昭和55年

作曲・作詞・歌　谷村　新司

一　目を閉じて　何も見えず
哀《かな》しくて目を開ければ
荒野に向かう道より
他に見えるものはなし
ああ　砕け散る
宿命《さだめ》の星たちよ
せめて密《ひそ》やかに
この身を照せよ
我は行く　蒼白《あおじろ》き頬《ほほ》のままで
我は行く　さらば昴よ

二　呼吸《いき》をすれば胸の中
凩《こがらし》は吠《な》き続ける
されど我が胸は熱く
夢を追い続けるなり
ああ　さんざめく
名も無き星たちよ
せめて鮮やかに
その身を終われよ

我も行く　心の命ずるままに
我も行く　さらば昴よ

ああ
いつの日か誰かがこの道を
ああ
いつの日か誰かがこの道を

我は行く　蒼白き頬のままで
我は行く　さらば昴よ
我は行く　さらば昴よ

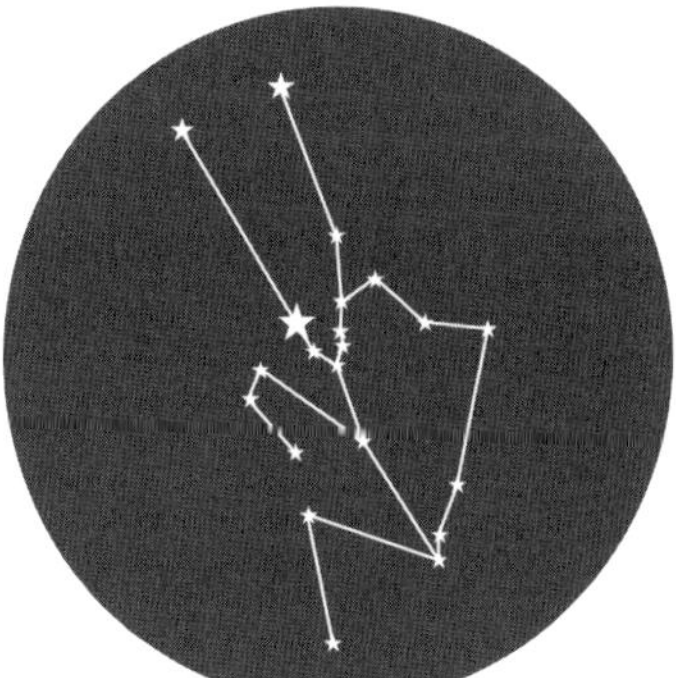

花（すべての人の心に花を）

◎昭和55年

作詞 作曲 歌 喜納 昌吉

一 川は流れて どこどこ行くの
人も流れて どこどこ行くの
そんな流れが つくころには
花として 花として
咲かせてあげたい
泣きなさい 笑いなさい
いつの日か いつの日か
花をさかそうよ

二 涙流れて どこどこ行くの
愛も流れて どこどこ行くの
そんな流れを このうちに
花として 花として
むかえてあげたい
泣きなさい 笑いなさい
いつの日か いつの日か
花をさかそうよ

三　花は花として　わらいもできる
人は人として　涙をながす
それが自然のうたなのさ
心の中に　心の中に
花を咲かそうよ
泣きなさい　笑いなさい
いついつまでも
いついつまでも
花をつかもうよ

川の流れのように

◎平成元年

作詞　秋元　康
作曲　見岳　章
歌　美空　ひばり

一　知らず知らず　歩いて来た
細く長いこの道
振り返れば　遙か遠く
故郷《ふるさと》が見える
でこぼこ道や
曲がりくねった道
地図さえない
それもまた人生

ああ　川の流れのように
ゆるやかに
いくつも時代は過ぎて
ああ　川の流れのように
とめどなく
空が黄昏《たそがれ》に　染まるだけ

二　生きることは　旅すること
終わりのないこの道
愛する人　そばに連れて
夢探しながら

雨に降られて
ぬかるんだ道でも
いつかはまた
晴れる日が来るから

ああ　川の流れのように
おだやかに
この身をまかせていたい

ああ　川の流れのように
移りゆく季節
雪どけを　待ちながら

ああ　川の流れのように
おだやかに
この身をまかせていたい
ああ　川の流れのように
いつまでも
青いせせらぎを
聞きながら

きよしのズンドコ節

◎平成14年

作詞　松井　由利夫
作曲　水森　英夫
歌　氷川　きよし

（ズンズンズン　ズンドコ
ズンズンズン　ズンドコ）
一　風に吹かれて　花が散る
雨に濡れても　花が散る
咲いた花なら　いつか散る
おなじさだめの　恋の花
向こう横丁の　ラーメン屋
赤いあの娘の　チャイナ服
そっと目くばせ
チャーシューを
いつもおまけに　2・3枚
（ズンズンズン　ズンドコ
ズンズンズン　ズンドコ）

二　明日《あした》　明後日《あさって》　明々後日《しあさって》
変わる心の　風車
胸に涙が　あふれても
顔にゃ出せない　男なら
角のガソリン　スタンドの
オイルまみれの　お下げ髪
なぜかまぶしい　糸切り歯
こぼれエクボが　気にかかる
(ズンズンズン　ズンドコ
ズンズンズン　ズンドコ)

三　辛い時でも　泣き言は
口を結んで　一文字
いつかかならず　故郷《ふるさと》へ
錦かざって　帰るから
守り袋を　抱きしめて
お国訛りで　歌うのさ
西の空見て　呼んでみる
遠くやさしい　お母さん
(ズンズンズン　ズンドコ
ズンズンズン　ズンドコ)

シニア世代のみんなの歌集

平成30年6月29日　初版第1刷発行
令和6年6月14日　初版第3刷発行

企画・編集　公益財団法人　全国老人クラブ連合会
発行者　笹尾　勝
発行所　社会福祉法人　全国社会福祉協議会
〒100-8980 東京都千代田区霞が関3-3-2
新霞が関ビル
TEL(03)3581-9511
定　価　550円(本体500円＋税10%)
日本音楽著作権協会(出)許諾第1806230-403号

ISBN978-4-7935-1278-0 C2036 ¥500E
印刷　株式会社加藤文明社